# NELLY EST INNOCENTE !

## BIOGRAPHIE

Jenny Dale a grandi dans une ferme de Cornouailles (Angleterre), entourée d'une bande de chiens, petits et grands, gentils et coquins. Aujourd'hui, elle habite toujours à la campagne et consacre ses journées à l'écriture de romans pour les enfants.

ILLUSTRATIONS INTÉRIEURES
ANNIE-CLAUDE MARTIN

L'auteur remercie Cherith Baldry
Titre original : *Saving Skye*

Publié pour la première fois par Macmillan Children's Books, Londres, 1998

Loi n°49-956 du 16 juillet 1949 sur les publications destinées à la jeunesse
Dépôt légal : septembre 2001
ISBN : 2-7470-0024-9

SPÉCIAL CHIENS

S.O.S. ANIMAUX

# NELLY EST INNOCENTE !

**JENNY DALE**

TRADUIT DE L'ANGLAIS
PAR NATHALIE M.-C. LAVERROUX

DEUXIÈME ÉDITION

BAYARD JEUNESSE

## LES HÉROS DE CETTE HISTOIRE

**Neil Parker** a neuf ans et une passion : les chiens. Il passe tout son temps libre dans le chenil de ses parents et ne manque pas une occasion de porter secours aux chiens qui souffrent.

**Emily Parker** est la sœur de Neil. Elle l'accompagne dans toutes ses aventures.

**Sarah Parker** est leur petite sœur. Elle possède un hamster, Caramel.

**Bob** et **Carole Parker**, les parents de Neil, Emily et Sarah, dirigent le chenil de King Street.

**Sam** est le chien de Neil. Ce chien de berger écossais a été recueilli par la famille Parker quelques années plus tôt.

# LA FAMILLE PARKER

# 1

– Qu'est-ce que tu attends? demanda Emily, agacée.

– Bon, on y va! grommela Neil.

Il jeta un coup d'œil dans la salle d'attente du vétérinaire. Ouf! Il n'y avait personne. Quelle chance! Il s'était suffisamment fait remarquer aujourd'hui dans Compton.

En les entendant, Mike Turner passa la tête par la porte de son cabinet.

– Bonjour, vous deux! Pourquoi n'entrez-vous donc pas ? lança-t-il d'un ton enjoué.

Le vétérinaire les connaissait bien. Les parents de Neil et d'Emily, Bob et Carole Parker, dirigeaient le chenil de King Street, à la sortie de Compton. Ils possédaient aussi un refuge pour les chiens perdus, abandonnés ou maltraités.

Neil adorait s'occuper des chiens, et il demandait toujours des conseils à Mike. Mais, cette fois-ci, il s'agissait d'un cas très particulier.

Ils se décidèrent enfin à entrer. Mike Turner resta bouche bée, les yeux agrandis de stupeur, en apercevant son nouveau patient.

– Qu'est-ce que vous m'amenez là ? s'exclama-t-il.

Neil prit l'air penaud. Le chien qui accompagnait les deux enfants était un bâtard aux oreilles tombantes, au poil touffu et bouclé. Les yeux brillants, le nez humide, il haletait, la gueule entrouverte. Il était superbe, à part un détail : il était entièrement rose, d'un incroyable rose fluorescent qui faisait mal aux yeux. Mike était partagé entre la consternation et l'envie de rire.

– Vous avez dû avoir du succès dans Compton avec ce bonbon à pattes ! dit-il en se penchant vers le chien pour le caresser. Où l'avez-vous trouvé ?

– Deux élèves du collège de Padsham l'ont amené au refuge. Ils nous ont dit qu'il était perdu. Il tournait autour de la cantine et il mangeait dans les poubelles. Ils l'ont appelé Budy.

Mike Turner avait retrouvé son sérieux. Il haussa les sourcils :

– Je suppose qu'il était déjà de cette couleur ?

Neil acquiesça en hochant la tête.

– J'aimerais bien savoir quel est l'imbécile qui l'a teint en rose ! fulmina le vétérinaire. C'est malin ! Le pauvre chien aurait pu perdre ses poils.

Il le tâta, examina ses dents et ses yeux :

– Il est en pleine forme. Il est tout jeune, il va encore grandir. Regardez un peu ses énormes pattes !

– Papa pense qu'il est croisé avec un danois, dit Neil.

– C'est probable, en effet.

– Comment peut-on lui enlever cette couleur ? demanda Emily.

– En le lavant. Mais tout ne partira pas d'un coup, il va falloir recommencer.

Emily et Neil allaient sortir quand une dame apparut sur le seuil avec un magnifique colley blanc et roux.

– Allons, entre ! Mais entre donc ! disait-elle d'un ton irrité en tirant sur la laisse. Visiblement, le chien n'avait aucune envie de la suivre.

– Nelly, tu vas venir, oui ou non ? s'impatienta-t-elle.

– Que lui arrive-t-il ? s'enquit Mike Turner.
– Oh ! Elle a un caractère impossible !
La dame soupira :
– Bonjour, docteur. Je suis Marjorie Foster. Je voudrais…
Elle s'interrompit et regarda autour d'elle d'un air gêné. Budy faillit s'étrangler avec son collier en tirant de toutes ses forces pour aller voir Nelly de plus près.
– Couché, Budy, couché ! ordonna Neil.
Le chien rose obéit en poussant un grognement de désapprobation.
Le vétérinaire s'approcha de Nelly. La chienne le fixa de ses grands yeux noisette, qui semblaient l'implorer.
Il l'observa un instant et se releva, étonné.
– Elle me paraît en parfaite santé, déclara-t-il. Vous venez pour ses vaccins ?
Marjorie Foster secoua la tête :

– Non… voilà, euh… c'est difficile à dire… je suis venue pour… pour la faire euthanasier[1].

– Comment ! s'écria Mike Turner, stupéfait. Mais pour quelle raison ?

La chienne tentait désespérément de sortir. Marjorie Foster tira d'un coup sec sur sa laisse. Nelly gémit en s'immobilisant, la queue entre les pattes.

Horrifiés, Neil et Emily n'en revenaient pas. Ils regardaient Mme Foster avec des yeux ronds en retenant leur souffle.

– Il m'est impossible de la garder, dit-elle, et je ne connais personne qui souhaiterait l'adopter.

La chienne se remit à tirer vers la porte.

– Assise, Nelly !

Mais celle-ci résistait vaillamment, bien décidée à partir. Ses griffes crissèrent sur le carrelage. Mike tendit la main vers elle

1. « Euthanasier » signifie ici provoquer la mort d'un animal pour abréger ses souffrances. C'est un acte médical.

en murmurant des mots apaisants :
– Ne t'inquiète pas, ma belle, on ne va pas te faire de mal. Reste tranquille.
Puis il s'adressa à Marjorie Foster :
– Dieu merci, personne n'a le droit de se débarrasser d'un chien aussi facilement ! Il y a d'autres solutions. Mais asseyez-vous, je vous en prie, nous allons en parler calmement.
La maîtresse de Nelly se laissa tomber sur une chaise.
– Neil et Emily, dit Mike, occupez-vous de Nelly une seconde, vous voulez bien ?
Il s'installa en face de Mme Foster :
– Maintenant, racontez-moi tout.

# 2

Nelly se calma et voulut jouer avec Budy; mais Neil lui ordonna de ne pas bouger. La chienne le regarda du coin de l'œil en baissant les oreilles. Elle émit un petit grondement et se coucha à plat ventre. Le garçon lui caressa le dos pour la récompenser. Nelly balaya le plancher avec sa queue, heureuse d'avoir un nouvel ami.

– Nelly est la chienne de mon père, M. Bradshaw, commença Marjorie

Foster. Il s'est occupé d'elle pendant des années, mais maintenant, il est incapable de se débrouiller tout seul. Il est entré dans une maison de retraite la semaine dernière.

Elle jeta un coup d'œil hostile à Nelly.

– S'il n'y avait pas eu cette chienne, poursuivit-elle en soupirant, il aurait probablement pu rester chez lui plus longtemps. Mais il voulait la promener par tous les temps, et il n'a vraiment plus la santé pour ça.

– Et, bien sûr, la maison de retraite n'accepte pas les chiens, dit Mike en hochant la tête.

– Non, malheureusement.

– C'est votre père qui veut la faire euthanasier ?

Marjorie Foster devint toute rouge. Elle secoua la tête.

– Non, il ne le sait pas, dit-elle dans un souffle. Il espère retourner bientôt chez

lui, et m'a confié Nelly en attendant. Mais c'est impossible.
– Pourquoi ?
– Nous travaillons tous les deux. Nous l'avons gardée souvent, mon mari et moi. Toutefois, c'était seulement pour quelques jours. Cela nous posait déjà beaucoup de problèmes.
– Je vois, dit Mike, songeur.
– Et, pour couronner le tout, mon mari est allergique aux poils de chien !
Nelly se leva et se mit à flairer le carrelage. Budy se redressa. Les oreilles bien droites, il la regarda en couinant et en agitant la queue.
– Assis, tous les deux ! ordonna Neil.
Emily et lui étaient scandalisés. Ils comprenaient que ce n'était pas facile pour ces gens-là de garder Nelly, mais ce n'était pas une raison pour la tuer.
– Vous ne connaissez pas le chenil de Compton ? demanda Mike.

– Non. Et, de toute manière, nous n'avons pas les moyens de mettre Nelly en pension indéfiniment.

– Mais nous pouvons essayer de la faire adopter ! intervint Neil, qui n'y tenait plus. La Compagnie des chiens trouvés sait comment s'y prendre !

– Je vous présente Neil Parker, et sa petite sœur, Emily, dit Mike. Leurs parents dirigent le chenil et le refuge de Compton. Leurs amis les appellent la Compagnie des chiens trouvés ! Ils ont réussi à trouver un nouveau foyer à des dizaines de chiens.

Marjorie Foster parut se détendre :

– Pourquoi pas ? Il vaudrait mieux qu'elle vive avec des gens plus jeunes. Et papa serait moins malheureux s'il avait la certitude qu'elle est bien soignée.

Elle soupira :

– Au fond, je ne voulais pas vraiment la faire disparaître. Papa ne me l'aurait jamais pardonné. Croyez-vous que ce sera possible de lui trouver un nouveau maître ? Ce serait formidable !

– Bien sûr ! s'écrièrent ensemble Emily et Neil.

Emily caressa la chienne.

– Compte sur nous, Nelly, on ne va pas te laisser tomber ! murmura-t-elle.

# 3

– Les enfants, nous allons avoir deux pensionnaires d'une race que nous voyons rarement chez nous, annonça Carole Parker le lendemain matin. Ce sont des pékinois. Ils seront là dans une heure. Leur maîtresse, Mme Downes, vient de téléphoner. Elle devait les faire garder par un voisin, mais il est tombé malade.

Toute la famille était réunie autour de la grande table, en train de prendre le petit déjeuner. Sam, le border colley noir et blanc des Parker, avait posé sa tête sur les genoux de Neil. Le garçon lui passait en douce des morceaux de tartine.

Avec son beau poil brillant et ses yeux vifs, Sam ne ressemblait plus du tout au petit chien abandonné que Neil et Emily avaient recueilli quatre ans plus tôt.

Bob Parker l'avait entraîné à des courses d'agilité, et Sam était devenu imbattable dans les compétitions locales.

Après le déjeuner, Neil alla rendre une petite visite à Nelly. La chienne était couchée dans un coin de son box, l'air malheureux. Quand Neil ouvrit la porte pour prendre son bol, elle le regarda en clignant des yeux et posa la tête sur ses pattes avec un gros soupir. Le garçon s'accroupit pour la caresser.

– Ton maître te manque, hein, ma belle ? Tu ne comprends pas pourquoi tu es là ?

Nelly poussa un autre soupir à fendre

l'âme et leva le museau vers lui.

Kate McGuire, l'employée du chenil, arriva à cet instant. Neil lui présenta la chienne.

– Elle est magnifique ! dit Kate en passant une main dans sa fourrure. Je suis sûre que les gens vont se battre pour l'adopter.

Puis ils allèrent vers Budy. Il était en train de renifler son bol. En le voyant, Kate poussa un cri.

– Un chien rose ! Je n'ai jamais vu ça ! Mais, dis donc, on est assortis, tous les deux ! s'esclaffa-t-elle.

Neil se mit à rire. Kate portait en effet un T-shirt rose vif, qui s'accordait parfaitement avec la couleur du chien.

– Celui-ci aura plus de mal à trouver un maître, ajouta la jeune femme en retrouvant son sérieux.

La voix d'Emily vint les interrompre :

– Neil, téléphone !

Le garçon courut vers le bureau de ses parents. Marjorie Foster était au bout du fil :

– Bonjour, Neil ! Mon père aimerait que je lui amène sa chienne à La Grange… je veux dire, à sa maison de retraite. Naturellement, je ne lui ai pas dit qu'elle était chez vous…

– Ah !

– Il s'inquiète beaucoup pour elle. Chaque fois qu'il m'appelle, il n'arrête pas de m'en parler. S'il la voyait, il serait rassuré.

– Mais… je croyais que les chiens n'étaient pas admis à la maison de retraite ?

– Ils sont admis en visite si on les tient en laisse.

Neil ne savait que répondre. Il avait très envie d'emmener Nelly auprès de son maître. Mais elle ne pourrait pas rester avec lui, et quand elle reviendrait au chenil, elle serait encore plus malheureuse. D'un autre côté, il n'avait pas le droit de priver M. Bradshaw de cette joie.

– D'accord. Quand voulez-vous qu'on y aille ?

– J'y vais cet après-midi, à deux heures. Alors essayez d'arriver en même temps que moi… Je lui dirai que vous la promenez pour m'aider. Ce qui n'est pas tout à fait un mensonge.

# 4

Neil allait au chenil quand une voiture se gara devant la maison. Une jeune femme en descendit précipitamment et courut ouvrir la portière arrière. Elle sortit deux paniers de mêmes dimensions. Un aboiement aigu s'échappait de l'un d'eux.

– Bonjour, madame, vous apportez les pékinois ? demanda Neil.

Mme Downes hocha la tête.

– Entrez, j'appelle ma...

– C'est inutile ! coupa-t-elle vivement. Je

repars tout de suite ! Je suis pressée !
– Mais il faut remplir un formulaire !
– Impossible ! Je suis déjà en retard, je vais rater mon avion !
Elle fourra les paniers dans les mains de Neil, puis elle sortit une enveloppe de son sac.
– Voilà : carnets de vaccination... chèque... Je viendrai les reprendre à la même heure dans huit jours. Au revoir, et merci !
Elle remonta en voiture, démarra et disparut au tournant de l'allée dans un nuage de poussière.
Neil resta planté là, bouche bée, les deux paniers dans les mains. Puis il les posa par terre pour regarder les chiens. Le museau noir d'un pékinois vint s'aplatir contre la grille d'un des paniers. Dans l'autre, il n'aperçut qu'une masse de poils. Mais, brusquement, un son étrange se fit entendre. C'était un cri perçant et continu,

comme une sirène d'alarme. Rien à voir avec un aboiement ! Étonné, Neil se mit à quatre pattes pour mieux voir.

Carole Parker sortit de la maison, suivie d'Emily et de Sam.

– Qu'est-ce que tu fais, Neil ? demanda-t-elle. Qu'est-ce qu'il y a là-dedans ?

Neil releva la tête en roulant les yeux :

– Maman, regarde ! Je crois... je crois que c'est un chat siamois !

– Un chat siamois ? répéta sa mère, effarée. Mais... nous ne pouvons pas le garder !

Elle attrapa l'enveloppe et l'ouvrit.

– Quoi, c'est Mme Downes ! Mais elle ne m'a pas parlé d'un chat ! Bon, les vaccins sont à jour, c'est au moins ça, marmonna-t-elle. Mais enfin, Neil, à quoi pensais-tu ? Tu n'aurais pas dû accepter ! Pourquoi ne m'as-tu pas appelée ?

– Je n'ai pas eu le temps ! lança Neil. Elle m'a donné les paniers, et elle a filé !

De toute façon, elle avait réservé un box…
– Pour deux chiens ! lui rappela Carole Parker. Elle m'a dit…
Soudain, elle se frappa le front :
– Mais oui, que je suis bête ! Elle m'a demandé si j'avais de la place pour deux petits animaux. Puis elle a parlé d'un pékinois… J'ai cru qu'elle en avait deux.
Elle secoua la tête, l'air éberlué :
– Quel culot, quand même ! Elle aurait pu me prévenir.
Curieux, Sam vint renifler le petit chien derrière le grillage du panier. Emily se pencha pour voir le chat.
– Il a l'air gentil, remarqua-t-elle, ravie. Il n'y est pour rien, le pauvre !
Le chat avait replié ses pattes sous lui. On ne voyait que sa fourrure beige et ses yeux très bleus.
– Qu'allons-nous faire de ce matou ? se lamenta Carole Parker.
Le chat émit encore un drôle de son.

– Il ne miaule même pas normalement ! dit-elle, accablée.
– On ne peut pas le mettre dans le même box que le chien ! déclara Bob Parker, qui venait d'arriver. Cela dit, il y a de la place dans le refuge…
– Mais les chiens vont aboyer sans arrêt ! On deviendra tous fous ! s'écria sa femme. Tu imagines la pagaille, pendant une semaine entière ?
– Maman…, glissa Emily.
– Oui ?
– Et si on le gardait à la maison ? Maman, s'il te plaît !
Avant que sa mère eût le temps de réagir, la petite fille continua à toute allure :
– Je te promets que je m'occuperai bien de lui. Je lui donnerai à manger. On lui mettra un bac à litière dans la cuisine, et je le nettoierai. Vous allez voir, il ne dérangera personne !
– Et Sam ? objecta Neil.

– Je suis sûre qu'il va l'accepter, dit Emily. Il aime bien les chats.
Elle caressa le poil luisant du petit colley.
– C'est vrai, hein, Sam ?
Sam aboya gravement, comme pour donner son accord.
Le chat les regardait, les oreilles dressées. Il paraissait suivre la conversation.
– La seule chose que je crains, soupira Carole Parker, c'est qu'il s'échappe.
Elle réfléchit un instant, puis, devant le regard suppliant d'Emily, elle céda :
– Bon, on va essayer. Je le place sous ta responsabilité, Emily. Mais si cela se passe mal, il faudra trouver une autre solution.
La fillette était aux anges. Elle souleva le panier du chat :
– Comment s'appelle-t-il ?
Sa mère chercha dans les carnets de vaccination.
– Le chien s'appelle Ming. Et cette bête-

là, c'est une femelle. Elle s'appelle Tai-Lu. Débrouille-toi pour que je ne l'aie pas toujours dans les jambes, c'est tout ce que je te demande ! ajouta-t-elle d'un ton bourru.
Elle tourna les talons en grommelant :
– Elle ne perd rien pour attendre, cette Mme Downes !
Emily la suivit avec le panier de Tai-Lu. Neil portait celui de Ming. Sam fermait la marche, humant l'air, le museau levé. L'odeur de ces nouveaux arrivants devait être particulièrement intéressante !

Une fois dans son box, Ming alla se réfugier dans la corbeille, trois fois trop grande pour lui. Bob Parker l'examina rapidement.
– Il va très bien. Il a un poil magnifique. Et notre Nelly ? S'habitue-t-elle à sa nouvelle demeure ? demanda-t-il en se tournant vers son fils.
Dans la confusion provoquée par l'ar-

rivée du chat, Neil avait complètement oublié de parler de l'appel téléphonique de Marjorie Foster.

– C'est délicat, commenta son père quand Neil l'eut mis au courant de la requête de Mme Foster. Il vaudrait mieux que la chienne ne revoie pas tout de suite M. Bradshaw s'il n'y a aucune chance qu'elle reste avec lui.

– C'est ce que je me suis dit au début... L'idéal, ce serait de lui trouver un maître qui accepte de l'emmener une fois par semaine à La Grange.

– Ne rêve pas trop, Neil. Mais tu peux y aller cette fois-ci. Ensuite, nous aviserons et nous prendrons une décision.

# 5

Lorsque Neil entra dans la cuisine, Sam sur les talons, il trouva Tai-Lu endormie, roulée en boule sur le vieux fauteuil d'osier près de la fenêtre, la place favorite de Sam !

Le chien trotta jusqu'au fauteuil et s'arrêta, sidéré. Il regarda la chatte, puis Neil, et il se mit à couiner en penchant la tête d'un air interrogateur.

– Je sais, mon vieux, ce n'est pas juste ! soupira Neil.

Sam tendit le cou et renifla la chatte avec précaution. Les yeux bleu saphir de Tai-Lu s'entrouvrirent. Une patte rapide comme l'éclair fusa vers lui. Il bondit en arrière en aboyant. Tai-Lu se redressa, le poil hérissé.

– Emily, occupe-toi d'elle ! cria Neil d'un ton rageur. Je te préviens, si elle griffe Sam…

Sam rampa se cacher sous la table. Neil s'accroupit pour regarder son museau. La chatte ne l'avait pas touché.

– Bon, ça va, grogna-t-il en se relevant. Il n'a rien, mais fais attention.

– Tai-Lu n'est pas méchante, elle a peur parce qu'elle ne connaît pas cette maison, expliqua Emily.

– Peur, elle ? Tu parles !

– Je suis désolée, Neil, dit sa mère, mais il faudra que Sam s'y habitue. Ce n'est que pour une semaine. Cette chatte semble plutôt pacifique.

– Et mon hamster ? s'inquiéta Sarah, la petite sœur de Neil et d'Emily. Je n'ai pas envie qu'elle mange Caramel !
– Il faudra bien fermer la porte de ta chambre, ma chérie, dit Carole Parker. Il n'arrivera rien à Caramel si tu y penses.

Après le repas, Neil alla chercher Nelly. Il la brossa pour démêler son long poil. Elle était plus belle que jamais. Il lui mit sa laisse et siffla pour appeler Sam. Le chien surgit de sous sa haie préférée, au fond du jardin, et il suivit son petit maître.

Quand ils entrèrent dans le pré, Sam partit devant. Ils prirent le sentier qui longeait le pied de la colline, en direction de Compton.

Sam fit bientôt demi-tour. Il ne s'éloignait jamais beaucoup de Neil. Nelly gémit doucement. Elle avait envie d'être libre, elle aussi, mais Neil ne la connaissait pas suffisamment pour la lâcher. Elle tira sur sa laisse, voulant rejoindre Sam. Mais Neil resta ferme : il ne la détacha pas. Elle finit par marcher tranquillement à côté de lui.

Quand ils arrivèrent à la maison de retraite, Nelly poussa un aboiement strident. Elle bondit en avant et réussit à s'échapper.

Affolé, Neil la suivit en courant :

– Nelly ! Nelly ! Reviens !

Tout essoufflé, il grimpa quatre à quatre un escalier qui menait à une grande terrasse. Quelques personnes âgées étaient installées sur des chaises longues, d'autres se promenaient dans le parc, dont la pelouse était immense.

« Quel dommage que les chiens ne soient pas autorisés à rester avec leurs maîtres ! » pensa Neil.

– Nelly ! cria-t-il une dernière fois.

Rapide comme une flèche, la chienne

courut vers un des vieux messieurs qui étaient assis là. Il se leva en la voyant arriver. Dans son enthousiasme, Nelly faillit le renverser.

M. Bradshaw riait de bonheur en caressant sa chienne. Il se réinstalla sur sa chaise. Elle posa ses pattes sur ses genoux et fourra son museau dans la couverture qu'il venait d'étendre sur ses jambes.

Marjorie Foster était près de lui. Le vieux monsieur serra la main de Neil :

– Alors, c'est vous qui aidez Marjorie ? C'est très gentil !

– Oui, euh… c'est normal, bafouilla Neil.

Plusieurs pensionnaires s'approchèrent pour admirer Nelly. Sam et elle furent couverts de caresses.

Au bout d'un moment, Sam commença à s'agiter, mais Nelly restait près de son maître, le regard fixé sur lui. Quand Neil

la prit par sa laisse, elle refusa de bouger.
– Il est temps de partir, ma belle, dit M. Bradshaw en lui tapotant affectueusement le flanc.
Il regarda Neil droit dans les yeux :
– Vous la ramènerez bientôt, n'est-ce pas ?
Neil hocha la tête sans rien oser promettre.
Quand M. Bradshaw lui ordonna de partir, Nelly se laissa emmener. Ils dirent au revoir au vieux monsieur et se dirigèrent vers la grille. Nelly ne cessa de se retourner en remontant l'allée, jusqu'à ce qu'ils dépassent le coin de la maison.
En dehors de la propriété, Neil lâcha Sam. Le colley alla se rouler dans l'herbe, les quatre pattes en l'air. Nelly jeta un regard implorant à Neil.
Le garçon essaya d'abord de l'ignorer. Mais elle était si triste ! Neil hésita. Après tout, elle s'était plutôt bien comportée à

La Grange. Il n'y avait rien à craindre !

– D'accord, Nelly, dit-il en la détachant. Va jouer avec Sam !

Nelly poussa un aboiement triomphal et s'élança derrière son nouveau copain. Les deux chiens firent une course effrénée, se roulèrent par terre en se mordillant et en feignant de se battre. Neil sourit en soupirant. Si seulement il pouvait garder cette chienne !

Au bout d'un quart d'heure, il siffla pour rappeler les deux chiens. Sam revint aussitôt. Mais Neil avait beau appeler Nelly, elle en avait décidé autrement. Elle continuait de courir dans l'herbe haute, s'éloignant de plus en plus.

– Nelly ! Reviens !

La chienne n'obéit pas. Neil se précipita derrière elle.

– Sam ! cria-t-il. Va la chercher !

Sam détala comme un lapin. Neil le suivit en courant. Il vit bientôt la chienne émerger de l'herbe à la lisière d'un champ. Elle se faufila sous la clôture qui l'entourait et remonta la colline en diagonale. Quelques secondes après, Sam arrivait à son tour en haut. Neil courut derrière eux aussi vite qu'il put. Quand il atteignit la clôture, les deux chiens avaient disparu parmi les buissons en haut de la colline.

Le souffle coupé, Neil atteignit enfin le sommet. Sam sortit des buissons, mais il était seul.

– Où est-elle, Sam ? Où est Nelly ? haleta Neil. Trouve-la !

Sam allait et venait, le nez par terre. De temps en temps, il gémissait faiblement. Il avait perdu la trace de la chienne. Neil le caressa :

– Qu'est-ce qu'on va faire, Sam ? Il faut la retrouver !

Le chien sauta autour de Neil en poussant des petits couinements. Ils poursuivirent les recherches dans le bois et les taillis. Neil appelait Nelly à pleins poumons. En vain : la chienne avait disparu.

# 6

Sam à ses côtés, Neil dégringola la colline. Tout en descendant, il continua de regarder autour de lui en appelant Nelly.

« Peut-être est-elle déjà rentrée au chenil ? » pensa-t-il sans y croire.

Ils furent bientôt dans le pré attenant au chenil.

– Nelly s'est échappée ! cria-t-il, hors d'haleine, en pénétrant en trombe dans la maison.

Atterrées, sa mère et Emily écoutèrent son récit.

– On va retourner la chercher tous les deux ! proposa Emily.

– Attendez une minute ! intervint leur mère. Réfléchissez avant de courir n'importe où. Où Nelly a-t-elle bien pu aller ?

– Elle est peut-être retournée auprès de M. Bradshaw, dit Neil. Elle ne voulait pas le quitter.

Mais si c'était le cas il l'aurait vue disparaître dans la direction de La Grange. Or, Nelly était partie dans le sens opposé.

– De toute façon, on nous appellerait certainement si Nelly retournait là-bas, dit Carole Parker.

– Et si elle était rentrée dans sa vraie maison ? suggéra Emily. L'endroit où elle vivait avec son maître…

Neil poussa un grand cri.

– Bien sûr, Emily, tu es géniale !

Emily roula les yeux, peu habituée aux compliments de son frère.

– Mais il y a un problème, ajouta Neil, moins enthousiaste. Nous ne connaissons pas l'ancienne adresse de M. Bradshaw.

– On n'a qu'à chercher dans l'annuaire, lança sa mère.

Quelques secondes suffirent pour la trouver.

– On y va, dis, maman ? demanda Emily, surexcitée.

Carole Parker réfléchit un instant.

– D'accord, prenez vos bicyclettes. Je ne peux pas vous emmener, il n'y a personne ici. Kate est rentrée chez elle, et votre père s'est absenté. Je vais rester près du téléphone. Mais si Nelly n'est pas là-bas, il faudra prévenir la police.

Neil et Emily sautèrent sur leurs vélos et pédalèrent de toutes leurs forces. Neil était silencieux et morose. Il s'en voulait terriblement d'avoir lâché la chienne.

– Juste avant que tu reviennes, j'ai appelé le journal de Compton, lui apprit Emily. J'ai parlé à Jake Fielding. Il va venir voir Budy, et il fera un article sur lui. Il parlera de Nelly aussi.

– Super !

Jake Fielding, le jeune journaliste, les avait souvent aidés à trouver de nouveaux maîtres aux chiens abandonnés en parlant du refuge dans le journal.

Ils arrivèrent enfin vers les petites habitations de Rookery Lane. Juste en face, de l'autre côté de la route, s'étendait un grand pré en pente où paissaient des moutons. Une pancarte accrochée à la porte de la maison de M. Bradshaw indiquait « Vendu ».

– Si les nouveaux propriétaires sont là, dit Emily, on va leur demander s'ils ont vu Nelly.

Ils poussèrent la grille du jardin et frappèrent à la porte. Personne ne répondit. Emily jeta un coup d'œil par une fenêtre. Elle aperçut une cheminée sans feu, deux vieux fauteuils et un panier. C'est là que Nelly devait se pelotonner pendant que son maître lisait le journal au coin du feu. Neil fit le tour de la maison. Tout était silencieux. Il n'y avait pas âme qui vive.

# 7

Neil se sentait de plus en plus angoissé. Il avait tellement espéré retrouver la chienne ici ! Il ne supportait pas l'idée de rentrer à la maison sans elle.

Il avança de quelques pas à travers les mauvaises herbes jusqu'à un abri de jardin à moitié écroulé.

– Nelly ! Nelly !

Rien que le silence. Brusquement, un coup de feu les fit sursauter.

Neil se précipita vers Emily. Elle lui

montra le pré, où les moutons bêlaient en s'éparpillant.

– C'est venu de là !

Un second coup retentit. Un grand chien blanc et roux surgit d'un fourré, courant au triple galop.

– Nelly ! hurla Neil.

Il fonça vers la chienne, Emily sur les talons. Nelly s'écarta brusquement, mais Emily se jeta sur elle et la maintint par son collier pendant que Neil accrochait sa laisse.

Une voix furieuse grogna derrière eux. Un homme apparut, un fusil à la main. Il gesticulait, furieux.

– Éloignez-vous ! hurla-t-il.

Nelly bondit en avant, les yeux exorbités de terreur.

– Assise, Nelly, ordonna doucement Neil.

Elle n'obéit pas, mais cessa de tirer sur sa laisse et resta immobile près de lui.

– Il est à vous, ce chien ? Il est dangereux ! cria l'homme, furieux.

– Mais non, nous…

– Éloignez-vous ! répéta-t-il d'un ton tranchant.

Nelly haletait, la langue pendante. La queue entre les pattes, les oreilles couchées, elle se serrait contre les jambes de Neil.

– Elle n'est pas dangereuse ! s'écria le garçon. Vous lui avez fait peur, c'est tout !

– Elle est à vous ou pas ?

– Non, mais…

– Alors, poussez-vous !

Il dirigea le canon de son fusil vers la chienne.

– Non ! hurla Emily en se précipitant devant Nelly pour la protéger.

– Vous êtes fou ! lâcha Neil sans réfléchir.

Le fermier baissa son fusil. Il mit le cran de sûreté.

– Cela ne se passera pas comme ça ! menaça-t-il, rouge de colère. Écoutez-moi bien. Cette chienne vient égorger mes moutons. J'ai le droit de la tuer !

– Quoi ? s'écria Emily.

– Ce n'est pas possible ! s'exclama Neil en même temps.

Le fermier fulminait :

– Regardez-la ! Vous en aurez la preuve.

Neil et Emily examinèrent Nelly plus attentivement. Elle avait le poil tout emmêlé, mais le pire, c'étaient quelques traces de sang autour de son museau.

– Oh, Nelly ! gémit Emily.

Le fermier releva la tête.

– Vous voyez ! Suivez-moi ! lança-t-il en se dirigeant vers la colline.

Neil et Emily lui emboîtèrent le pas en tirant la chienne, qui voulait partir dans le sens opposé. Arrivé en haut, le fermier tendit le bras, leur indiquant quelque chose.

Quelques mètres plus bas, un mouton était couché, le flanc ensanglanté. Près de lui se tenait un airedale terrier. Le fermier siffla, et le terrier accourut aussitôt vers lui. L'homme le caressa :

– Bon chien, Sandy !

Sa voix s'était radoucie :

– J'aime les chiens, mais je ne peux pas accepter que ça continue ! C'est la troisième fois que cette chienne s'attaque à mon troupeau.

Emily et Neil étaient bouleversés.

– Elle a tué le mouton sous vos yeux ? demanda le garçon.

Le fermier secoua la tête :

– Non, il était déjà mort quand je suis arrivé. Elle était en train de le flairer…

Il y eut un petit silence, puis Neil déclara :

– Je suis sûre que ce n'est pas elle. Nelly n'est pas une tueuse !

– Ça, il faut encore le prouver ! grommela l'homme. Croyez-moi, je n'aime pas faire de mal aux chiens. C'est d'ailleurs pour ça que j'ai renvoyé un employé il y a quelques jours. Il maltraitait les miens. Mais quand un chien devient dangereux…

– Nelly n'est pas dangereuse, protesta à son tour Emily.

Neil avait la gorge serrée.

– Nous allons la ramener chez nous, dit-il le plus fermement possible. Mes parents dirigent le chenil de King Street. Elle ne se sauvera plus.

Le fermier secoua la tête. Le frère et la sœur n'attendirent pas sa réponse. Ils étaient bien décidés à protéger Nelly. Ils tournèrent les talons en la poussant devant eux.

Neil jeta un coup d'œil par-dessus son épaule. Le fermier les regardait partir, l'air pas content du tout.

Quand Nelly fut en sécurité, Neil alla récupérer leurs bicyclettes. Puis ils les conduisirent en marchant en silence, à la fois abasourdis et soulagés. Mais une autre mauvaise surprise les attendait chez eux.

# 8

Un fourgon de police stationnait devant la maison.

– Tu crois que c'est pour… ? bafouilla Emily.

Elle n'osa pas aller jusqu'au bout de sa pensée.

– Le fermier a eu le temps de téléphoner au commissariat avant qu'on arrive. Je lui ai dit qu'on habitait King Street.

En ouvrant la porte, ils entendirent la voix de leur père :

– Neil, Emily, c'est vous ? Venez là !
Ils entrèrent dans le bureau avec Nelly. Ils trouvèrent le sergent Moorhead assis en face de Bob Parker. Neil regarda son père en se demandant s'il était au courant de toute l'histoire.
– M. Geoffrey Milton nous a téléphoné pour nous dire que ses moutons avaient été attaqués plusieurs fois par cette chienne, commença le sergent en désignant Nelly comme si c'était un monstre.
– C'est ce qu'il prétend ! affirma Neil. Mais je suis sûr que c'est faux ! Nelly était avec son maître quand les deux premiers moutons ont été tués.
Emily le regarda avec étonnement : il n'avait pas la moindre preuve de ce qu'il avançait !
Bob Parker expliqua au sergent pourquoi Nelly était en pension chez eux. Le sergent écrivit lentement dans son carnet.
– Si je comprends bien, résuma-t-il, cette

chienne vivait à Rookery Lane, dans la maison d'un vieil homme qui était incapable de s'en occuper.

– Mais ce n'est pas vrai ! protesta Neil.

– Alors, dis-moi ce qui est vrai ! s'énerva le sergent.

Neil jeta un coup d'œil désespéré à son père.

– Papa, qu'est-ce qu'on va faire ? Qu'est-ce qui va arriver à Nelly ?

– Moi, je suis sûre qu'elle n'a pas tué les moutons ! explosa Emily en luttant contre les larmes.

– Calmez-vous, les enfants, intervint Bob Parker. Sergent, pouvez-vous nous parler de la loi à ce sujet ?

– Si un chien erre sur les pâturages d'un voisin et tue ou blesse son bétail, comme c'est le cas de celui-ci…

– Comme c'est le cas d'après M. Milton ! rectifia Neil.

Le sergent Moorhead secoua impatiemment la tête et poursuivit d'une voix ferme :

– ... Alors, la personne qui le garde est considérée comme responsable. Elle risque d'être poursuivie en justice et d'avoir à payer une amende.

– Et le chien ? demanda Emily.

Assise sur le plancher à côté de Nelly, elle avait passé un bras autour de son cou.

– Dans une situation comme celle-ci, quand le propriétaire confie son chien à quelqu'un, c'est cette personne qui en est responsable.

– Alors, c'est moi ! dit Neil d'une voix un peu chevrotante. Je gardais Nelly. Est-ce que je vais aller au tribunal ?

– Non, parce que tu n'as pas encore seize ans. Dans ce cas précis, la personne responsable est le chef de famille. C'est donc ton père qui sera convoqué.

– Mais... ce n'est pas juste ! s'écria Neil. C'est moi qui ai laissé Nelly courir sans sa laisse. C'est ma faute !

Son père lui mit la main sur l'épaule :
– Allons, Neil !
Mais Neil ne l'écoutait pas. Les larmes commençaient à lui picoter les yeux.
Il s'en voulait terriblement : s'il n'avait pas lâché Nelly, rien de tout cela ne serait arrivé.
Bob Parker parlait de la chienne au policier :
– Regardez-la, sergent. Vous croyez vraiment qu'elle est dangereuse ?
Nelly avait posé la tête sur ses pattes et somnolait, les yeux à moitié fermés.
– Maintenant, elle a l'air très gentil. Mais laissez-moi vous dire une chose, monsieur Parker : je ne laisserais pas mes enfants avec elle !
– Mais que va-t-il lui arriver ? demanda anxieusement Neil.
– Je l'emmène avec moi.
– Non ! cria Emily en bondissant sur ses pieds.

– Elle peut bien rester ici, dans un box ! Elle ne va pas s'enfuir, assura Neil.
– Elle l'a déjà fait une fois, répondit sèchement le sergent.
Neil rougit et se tut.
Emily éclata en sanglots. Neil et son père accompagnèrent le sergent vers la sortie, pendant que Carole Parker essayait de consoler sa fille.
Le policier emmena Nelly vers le car de police. Elle le suivit docilement, mais elle hésita un instant avant de sauter à l'intérieur. L'homme referma la portière sur elle.
– Je vous appellerai, promit-il.
– Vous prendrez soin d'elle ? souffla Neil, bouleversé.
Pour la première fois, le sergent sourit :
– Bien sûr, mon garçon. Elle sera bien traitée, ne t'inquiète pas.
Neil aperçut la belle tête intelligente de Nelly par la vitre du fourgon. Elle

semblait stupéfaite de se trouver là. Neil avait la gorge serrée : c'était comme si elle partait en prison.

– Nous allons la garder jusqu'au procès, reprit le policier. Nous vous tiendrons au courant.

– Et ensuite ? demanda Neil.

– Ensuite, c'est le juge qui décidera : ou on la confiera à un nouveau maître, ou elle sera euthanasiée.

# 9

– Allons, ne faites pas cette tête, les enfants. Je suis certain que cette histoire va bien se terminer ! dit Bob Parker d'un ton apaisant.

En entrant dans la maison, ils entendirent un cri perçant qui provenait de la chambre de Sarah. Elle dégringola l'escalier.

– Papa ! Maman !

Son père la prit dans ses bras au moment où Carole Parker apparaissait dans le couloir.

– Sarah, que t'arrive-t-il ?
– Caramel ! Mon petit Caramel !
La petite fille sanglotait, incapable d'en dire davantage.
– Mince, le chat… ! s'écria Neil en grimpant l'escalier quatre à quatre.
Carole et Bob Parker se précipitèrent dans la chambre de Sarah, suivis d'Emily.
Tous s'arrêtèrent sur le seuil, découvrant le spectacle : la cage du hamster était vide, la porte grande ouverte ; sur le lit, Tai-Lu, la chatte siamoise, ronronnait, étendue sur le flanc. Ses yeux bleus n'étaient plus que deux fentes. Neil aurait juré qu'elle souriait de satisfaction.
Bob Parker s'assit sur le bord du lit et prit Sarah sur ses genoux. Carole Parker caressa les cheveux de sa fille. Neil regarda autour de la chambre, désespéré, tout en se demandant quelle serait la prochaine catastrophe.
Quant à Emily, elle était sans voix.

Attiré par les sanglots de Sarah, Sam arriva en dérapant sur le plancher.

– Ne pleure pas, ma chérie, murmura Carole Parker en prenant les petites mains de Sarah dans les siennes. Raconte-moi ce qui s'est passé.

– Le chat a mangé Caramel, hoqueta Sarah.

– Comment est-ce possible ? Tu jouais avec lui ? Tu l'as sorti de sa cage ?

– Oui, mais je l'ai remis. Je l'ai remis, maman, c'est vrai !

Neil pensa que sa sœur avait dû mal refermer la cage ; il ne dit rien pour ne pas la perturber davantage. Caramel avait plusieurs fois profité de la porte entrouverte pour faire une petite fugue, mais ils avaient toujours réussi à le rattraper. Et c'était avant que le chat n'arrive dans la maison…

– Calme-toi, trésor, dit Bob Parker en serrant sa fille contre lui. Tu auras un autre hamster.

Sarah le regarda, les yeux pleins de larmes, les joues toutes rouges :

– Je ne veux pas un autre hamster ! Je veux Caramel !

L'attention de Neil fut attirée par Sam, qui s'était faufilé dans l'espace étroit entre l'armoire et la commode de Sarah. Il reniflait par terre.

– Sam ? Qu'est-ce que tu as senti, mon vieux ?

Sam le regarda et gémit.

– On dirait qu'il a trouvé quelque chose…

Brusquement, les yeux des enfants s'élargirent. Neil rejoignit Sam.

– Emily, fais vite sortir le chat !

Emily souleva Tai-Lu et la mit dans le couloir. Puis elle referma soigneusement la porte.

Neil attrapa Sam par son collier et inspecta longuement derrière les meubles. Il ne voyait rien. Sarah, qui

s’était un peu calmée, sauta des genoux de son père et se joignit aux recherches.
Sam gémit de nouveau.
– Chut, Sam, tais-toi !
Tout le monde retenait son souffle. Tout à coup, un grattement à peine perceptible se fit entendre. Neil se tourna vers Sarah avec un grand sourire. Une petite tête dorée émergea de l’autre côté de la commode. Excité, Sam prit sa voix la plus aiguë pour aboyer. Carole Parker tira le meuble, et Neil parvint à glisser un bras derrière pour saisir Caramel.
Sarah ouvrait des yeux comme des soucoupes.
– Caramel ! Caramel ! cria-t-elle, folle de joie, en se jetant sur le petit hamster et en l’embrassant à l’étouffer. Merci, Neil !
– Ce n’est pas moi, dit son frère, c’est Sam !

# 10

Tout en serrant le petit fugitif contre elle, Sarah déposa un gros baiser sur le front de Sam, qui agita frénétiquement la queue. Il se mit à flairer le hamster, que Sarah s'empressa de remettre dans sa cage.

Ensuite, ils redescendirent tous dans la cuisine boire une boisson fraîche pour se remettre de leurs émotions.

– Quelle histoire ! souffla Carole Parker. Franchement, on n'avait pas besoin de ce chat dans la maison !

– Ce n'est pas juste ! protesta Emily. Tai-Lu n'a rien fait !

Elle versa de la pâtée dans un bol, et Tai-Lu vint se frotter contre ses jambes en ronronnant comme un moteur.

– Je suis sûre que Caramel est sorti de sa cage quand la chatte était encore dans la cuisine, poursuivit Emily. Après, il a dû avoir peur en la voyant arriver, et il est allé se cacher. Tai-Lu n'y est pour rien !

Neil approuva en secouant la tête :

– Elle est juste entrée dans la chambre au mauvais moment !

Son regard rencontra celui d'Emily. Ils échangèrent un sourire : ils venaient d'avoir la même idée.

– C'est comme Nelly ! s'écrièrent-ils en même temps.

– Oui, elle s'est trouvée dans le pré au mauvais moment ! Le mouton était déjà mort ! ajouta Neil.

– Je suis sûre que c'est ça ! Et nous

allons le prouver ! renchérit Emily.
Tai-Lu poussa un miaulement indigné en regardant son bol. Emily le posa par terre et lissa la fourrure de la chatte. Tai-Lu lui donna un petit coup de tête pour la remercier. Sam regardait la scène avec intérêt en restant prudemment à distance.
Emily réfléchit :
– Comment peut-on prouver que Nelly n'a rien fait ?
– On va retourner vers les maisons de Rookery Lane pour voir s'il y a d'autres chiens là-bas, dit Neil. Il faudrait aussi savoir quand les deux premiers moutons ont été tués.
– On n'a qu'à demander à M. Milton. Non, j'ai une meilleure idée ! lança Emily en se levant d'un bond. Il y a sûrement eu un article dans le journal.
Ils feuilletèrent les derniers journaux. Au bout de quelques minutes, Emily s'écria :
– J'ai trouvé !

Elle lut à voix haute :
« Samedi dernier, un mouton a été tué par un chien à Causeway Farm, la propriété de Geoffrey Milton. Appelée sur les lieux, la police a ouvert une enquête. Un mouton du même troupeau avait déjà été victime d'un chien errant le samedi précédent. »
– C'est bizarre ! remarqua Neil. Ça arrive toujours le samedi. Mais comment savoir où était Nelly à ce moment-là ?
– M. Bradshaw nous le dira, affirma Emily.
Mais elle se ravisa aussitôt :
– Non, ce n'est pas une bonne idée. On serait obligés de tout lui raconter. Il s'inquiéterait pour Nelly.
– Si on arrive à trouver le coupable, dit Neil, on n'aura pas besoin de lui en parler.
Ils se creusaient la cervelle quand leur père déclara :

– Si ce chien a déjà tué trois moutons, il va sûrement recommencer. L'idéal serait de le prendre en flagrant délit !

– Et s'il recommence pendant que Nelly est à la fourrière, ce sera la preuve qu'elle est innocente, observa Carole Parker.

– C'est vrai, répondit Neil. On va le trouver, le chien qui a fait le coup !

– Je préfère que vous restiez éloignés de cette affaire, dit sa mère, préoccupée. Vous auriez pu prendre un coup de fusil, ce matin !

– Mais il faut bien aider Nelly ! s'exclama Neil.

Carole Parker soupira, ennuyée.

– Tu as raison… Mais promettez-moi de ne rien tenter sans nous prévenir.

– C'est promis ! s'écrièrent Emily et Neil d'une seule voix.

Avant le dîner, Neil se glissa dehors et fonça à vélo chez son copain Chris

Wilson. Chris se passionnait pour le football, et non pas pour les chiens, comme Neil, mais cela ne les empêchait pas d'être les meilleurs amis du monde.

Chris était dans sa chambre. Neil s'affala sur son lit :

– Chris, il faut que tu me prêtes ton appareil photo, le mien n'a pas de téléobjectif !

– Tu vas réaliser le reportage du siècle ? plaisanta Chris.

Neil lui raconta l'histoire de Nelly, et le danger qu'elle courait.

– Je vois, opina Chris. Tu vas surveiller le pré ?

– Oui. Comme ça, s'il se passe quelque chose, je prendrai des photos et j'aurai des preuves. Je vais m'y mettre dès demain. Tu peux me montrer comment il fonctionne ?

– Sûrement pas ! sourit Chris, taquin. Je vais faire mieux : je viendrai avec toi !

– Alors, rendez-vous chez moi demain matin. J'en parle à mes parents : il faut qu'ils me donnent leur autorisation, et on y va !

# 11

Le lendemain matin, de très bonne heure, Neil et Chris pédalaient en direction des maisons de Rookery Lane. Sam les suivait, le nez par terre. Il allait à droite et à gauche, revenait sur ses pas quand une odeur lui paraissait particulièrement intéressante. Neil dut siffler plusieurs fois pour qu'il les rattrape.

Ils arrivèrent bientôt devant le mur qui entourait le pré de Geoffrey Milton.

Sam s'y appuya, debout sur ses pattes

arrière et regarda par-dessus.
Les moutons broutaient paisiblement. Aucun signe du fermier et de son chien, ni du chien tueur.
Neil grimaça. Le pré était immense, et une grande partie restait invisible de l'endroit où ils se trouvaient. Ce ne serait pas aussi simple qu'il l'avait espéré.
– Qu'est-ce qu'on fait ? demanda Chris.
– On va remonter le chemin à pied.
Quand ils passèrent devant une des maisons du lotissement, une femme en sortit en tenant un beagle en laisse. Neil s'arrêta. Dès qu'elle ouvrit la porte du jardin, le beagle sauta vers lui. Sa queue battait l'air, dessinant des moulinets.
– Arrête, Sukie ! gronda la femme. Comme vous voyez, elle est très amicale !
La chienne s'assit devant les deux garçons, au milieu du chemin. Elle les regardait avec intensité, la langue pendante, la tête inclinée. Neil se baissa

et tendit une main vers elle. Elle la flaira avant de lui donner un grand coup de langue. Neil la caressa derrière les oreilles.

– Que tu es douce, Sukie ! Est-ce qu'il y a beaucoup de chiens dans le coin ? s'enquit-il, l'air de rien.

La femme parut un peu étonnée par cette question :

– Non. Il y avait un colley en haut du chemin. C'était une belle chienne. Mais son propriétaire est trop vieux pour s'occuper d'elle. Il est parti en maison de retraite, et la chienne, je ne sais pas où elle est.

Neil secoua la tête.

Sukie et Sam étaient en train de lier connaissance : la queue en l'air, ils se reniflaient tranquillement.

La femme sourit et tira doucement sur la laisse de sa chienne.

– Allez, Sukie, on y va !

Neil et Chris savaient maintenant que le tueur de moutons n'habitait pas Rookery Lane. Cette chienne beagle ne ferait pas de mal à une mouche, et il n'y avait pas d'autres chiens.

En haut du chemin, les deux garçons virent une camionnette garée devant la maison de M. Bradshaw. La porte d'entrée était ouverte.

Ils continuèrent leur chemin, laissant leurs vélos contre le mur qui entourait le pré. Chris commença à régler son appareil photo. Neil l'observait quand ils entendirent une voix :

– Bonjour ! Est-ce que nous sommes voisins ? Nous venons d'acheter la maison de M. Bradshaw.

– Bonjour ! Je suis Neil Parker. Mes parents tiennent le chenil de King Street, de l'autre côté de Compton. Et voilà mon copain, Chris Wilson.

– Mark Ford, dit l'homme en leur

tendant la main. Vous avez un bel appareil ! Mais, franchement, je ne vois pas ce qu'il y a à photographier par ici !

Neil lui expliqua la raison de leur présence. Quand la femme de Mark, Alison, vint se joindre à eux, il reprit son histoire depuis le début.

– Mais c'est horrible ! s'écria-t-elle. La pauvre chienne ! Nous allons vous aider !

– Vraiment, vous voulez bien ? s'exclama Chris.

– Nous pouvons déjà surveiller ce qui se passe dans le pré, répondit l'homme. Donnez-nous votre téléphone, et nous vous appellerons dès qu'il y aura du nouveau.

– Merci, c'est super ! s'écria Neil.

Sa femme se pencha sur Sam pour le câliner.

– En attendant, entrez ! proposa-t-elle. Vous auriez un meilleur point de vue de la fenêtre du premier étage.

– Mais… nous allons vous déranger, dit Neil, confus.

– Pas du tout ! lui assura Mark. C'est le bazar, de toute façon ! plaisanta-t-il.

– L'un de nous deux pourrait vous aider à déballer pendant que l'autre observe le pré, suggéra Chris.

– Ça ne se refuse pas ! Et si on s'y mettait tout de suite ?

# 12

Les deux garçons passèrent le reste de la journée chez Mark et Alison. Ils se relayèrent toutes les demi-heures : pendant que l'un faisait le guet à la fenêtre de la chambre, l'autre aidait leurs hôtes à s'organiser. Mais la nuit approchait, et ils n'avaient toujours pas vu le chien sanguinaire.

– Ne vous découragez pas ! lança Mark. Revenez quand vous voulez. Vous aurez plus de chance la prochaine fois.

– Regardez, intervint sa femme. C'est le panier de Nelly, sa couverture et son os en caoutchouc. Vous voulez les garder ?
– Oui, bien sûr, dit Neil.
– Nous vous les déposerons au chenil en passant, promit-elle. Elle va bientôt revenir chez vous, ayez confiance !
Neil aurait bien aimé la croire. Il lui adressa un sourire triste. Ensuite, les deux garçons prirent congé et s'en allèrent.

Il y croyait encore moins le lendemain matin, quand il se retrouva à l'école. Il lui était impossible de se concentrer. Il ne pouvait pas penser à autre chose qu'à la menace qui pesait sur Nelly. Après les cours, Emily l'entraîna vers le refuge.
– Jake Fielding vient à cinq heures pour photographier Budy, lui expliqua-t-elle. Il faut se dépêcher !
Neil se sentit complètement déprimé en voyant le box vide de Nelly. Alison avait

apporté son panier et sa couverture, et l'absence du colley était encore plus difficile à supporter.

Budy leur souhaita la bienvenue en sautant sur la porte de son box. Il agitait frénétiquement la queue et grattait le grillage. Neil lui donna un petit biscuit.

– Tu es un bon toutou ! roucoula Emily. Aujourd'hui, on va te prendre en photo pour que tu trouves un nouveau maître.

Budy laissa échapper un jappement retentissant après avoir englouti sa friandise.

– Je me demande qui voudrait d'un chien rose ! lança Neil.

– Moi, ça ne me dérangerait pas ! affirma Emily.

À cet instant, Bob Parker entra dans le refuge avec Jake Fielding. Celui-ci s'arrêta, bouche bée, devant le box de Budy.

– On en rencontre, des choses, dans mon métier ! souffla-t-il, ébahi. Mais c'est la première fois que je vois ça !

Il regardait le chien avec des yeux ronds comme des billes :
– Dommage que le journal ne publie pas de photos en couleurs ! Commençons. Tu peux le faire sortir, Emily ?
Emily ouvrit le box. Budy vint bondir autour d'elle, excité comme une puce.
– Du calme ! dit-elle doucement. Conduis-toi comme un chien modèle.
La langue pendante, il la suivit en trottant et s'assit en face de Jake. Il inclina la tête, l'œil et l'oreille en alerte. Jake se mit à rire :
– Regardez comme il fixe l'objectif ! Il a tout compris, ce chien. Il va avoir un succès d'enfer !
Il prit plusieurs clichés de Budy seul, puis avec Emily le serrant dans ses bras. Le chien semblait ravi.
Une fois la séance terminée, Jake s'exclama :
– Ah, j'allais oublier ! Ma tante cherchait une adresse pour faire garder son chien.

Je lui ai recommandé votre chenil.

– C'est gentil ! dit Bob Parker. Comment s'appelle-t-elle ?

– Mary Fielding. Son chien, c'est un jack russell. Il s'appelle Pooch.

Jake se pencha vers Budy pour lui flatter le flanc.

– C'est un nom idiot, reprit-il, mais Pooch est vraiment très intelligent. Le vendredi après-midi, ma tante va faire des courses. Eh bien, vous savez quoi ? Tous les vendredis matin, son chien lui apporte le grand sac qu'elle prend à cette occasion-là ! C'est incroyable, non ?

– Les chiens arrivent à distinguer les jours grâce aux occupations de leurs maîtres, commenta Bob Parker. Seuls, ils en seraient incapables.

Jake rassembla son matériel et s'adressa au chien rose :

– Ne t'inquiète pas, Budy ! Tout se passera bien pour toi !

Quand le photographe et Bob Parker furent partis, Neil resta songeur, repensant à leur conversation.

Emily alla ouvrir la porte qui donnait sur l'enclos derrière le chenil.

– Allez, Budy, va courir un moment !

– Emily ! dit Neil. Tu te souviens de ce qu'il y avait dans l'article du journal ?

– Oui, pourquoi ? demanda-t-elle, intriguée.

– Tu as entendu ? Papa vient de dire que si les chiens étaient seuls, ils ne sauraient pas distinguer les jours de la semaine. Les moutons ont été tués trois samedis de suite. Ce chien attaque les moutons de M. Milton le même jour !

Emily fit une grimace :

– Mais alors, ça veut dire que…

– Oui ! Que quelqu'un l'amène là tous les samedis ! termina Neil.

Le frère et la sœur se regardèrent, médusés.

– Il n’y a qu’un moyen de s’en assurer, conclut Neil. Il faudra être à l’affût samedi prochain.

# 13

La semaine s'écoula avec une lenteur d'escargot. Le mercredi soir, Marjorie Foster téléphona de La Grange : M. Bradshaw voulait savoir quel jour Nelly reviendrait lui rendre visite.

Neil hésita : Devait-il lui raconter ce qui était arrivé à la chienne ? Il ne put s'y résoudre ; si Marjorie Foster en parlait à son père, le vieux monsieur serait triste et désespéré.

– Euh... je ne sais pas... Pas tout de

suite, j'ai beaucoup de devoirs à faire, bafouilla-t-il. Je vous rappellerai dès que j'aurai une minute.

Il posa le téléphone, navré d'avoir été obligé de mentir.

Jeudi après-midi, Bob Parker vint chercher Neil et Emily à l'école, pour les emmener directement au commissariat de police.

– Nous allons demander si l'enquête avance, dit-il. Et on essaiera de voir Nelly.

En l'absence du sergent Moorhead, ils furent accueillis par un de ses collègues, qui les conduisit vers les cages grillagées. Nelly était couchée dans la première, le museau sur les pattes, les yeux à moitié fermés. Neil et Emily eurent le cœur serré de la voir enfermée. La chienne releva vivement la tête en les entendant prononcer son nom. Elle se dressa sur ses pattes et poussa un petit cri plaintif.

– Salut, Nelly! dit Neil en lui tendant

une gourmandise à travers le grillage. Elle prit à peine le temps de la renifler et la saisit délicatement entre ses crocs.

– Tu es tellement gentille, Nelly, soupira Neil. C'est trop injuste !

Le jeune agent accepta d'ouvrir la cage. Neil et Emily couvrirent la petite prisonnière de baisers et de caresses.

– Je te promets, lui chuchota Emily à l'oreille, on va bientôt te sortir de là !

Mais elle n'était pas sûre de pouvoir tenir sa parole.

Le samedi arriva enfin. Neil, Emily et Chris grimpèrent sur la colline de Rookery Lane en appuyant fort sur les pédales de leurs bicyclettes. Cette fois-ci, ils avaient laissé Sam à la maison.

Ils trouvèrent Mark Ford en train de repeindre un mur.

– Bonjour ! lança-t-il. Je vous attendais. Vous pouvez entrer, Alison est là.

Alison les accueillit avec un grand sourire :
– Venez ! Il y a du pain d'épices tout frais. Prenez-en plusieurs tranches, vous avez besoin d'énergie pour affronter l'ennemi ! plaisanta-t-elle.
Après s'être régalés, ils remercièrent la jeune femme et rejoignirent leur poste de guet.

À midi, ils déjeunèrent avec leurs hôtes ; ensuite, Mark partit en camionnette acheter de la peinture. Chris et Neil remontèrent à leur poste d'observation pendant qu'Emily aidait Alison à débarrasser la table.
Brusquement, une agitation dans le pré attira l'attention de Neil. Les moutons s'éparpillaient en poussant des bêlements déchirants. Une silhouette noire courait au milieu d'eux.
– Chris ! hurla Neil. Prends l'appareil !

Les moutons s'étaient regroupés en haut de la colline. Neil et Chris dévalèrent l'escalier et sortirent en trombe. Ils sautèrent par-dessus le mur et foncèrent dans le pré. Emily les suivit.

Le pré s'étendait jusqu'à une petite route en contrebas, où était garée une camionnette. Un grand chien noir bondissait au milieu des moutons affolés en aboyant furieusement. Derrière lui, un homme grand et costaud criait en agitant un bâton.

Neil maîtrisa sa peur et s'élança vers lui.

– Rappelez votre chien ! hurla-t-il.

L'homme lui répondit, mais sa voix fut couverte par les aboiements du chien et les bêlements du troupeau.

Neil arriva en face de l'homme :

– Appelez-le ! Il va tuer un mouton !

– Et alors ? Ça te regarde ?

Il se tut en voyant Chris, qui prenait des photos aussi vite qu'il pouvait.

L'homme poussa Neil et remonta la pente :

– Tu vas voir ce que je vais en faire de tes photos, sale petit…

Neil courut derrière lui :

– Chris, attention !

Chris réussit à prendre un cliché de l'individu en gros plan. Il s'esquiva juste au moment où celui-ci arrivait sur lui, la main tendue pour lui arracher son appareil. Il détala vers la route, poursuivi par l'homme qui l'invectivait. Quand il se fut suffisamment éloigné, il s'arrêta et photographia la camionnette.

– Chris ! hurlèrent Neil et Emily. Attention, Chris ! Reviens !

Chris s'immobilisa.

– Il photographie la plaque d'immatriculation ! dit Emily en sautant sur place.

– Bravo, Chris ! C'est génial ! fit Neil. On va bientôt aller chercher Nelly !

# 14

Soudain, le chien noir apparut devant eux. Il se jeta sur un mouton et referma ses crocs sur sa gorge. Le mouton se débattit avant de tomber sur le dos. Ses pattes s'agitèrent convulsivement dans l'air.

Neil et Emily se mirent à hurler et coururent vers le chien.

– Va-t'en ! Va-t'en ! Laisse ce mouton !

Emily allait attraper le chien par son collier, mais Neil la tira en arrière :

– Tu es folle !

– Mais il faut faire quelque chose ! Il va le tuer !

– C'est trop tard, Emy.

Le pauvre animal avait cessé de se débattre. Il gisait sur le côté, sans vie.

Horrifiée, Emily refoula ses larmes.

Le bruit d'un moteur leur fit lever la tête : Geoffrey Milton arrivait au volant de sa Land Rover. Il passa près d'eux. Le chien s'élança vers sa voiture en aboyant à pleins poumons.

Le fermier se gara au bas du pré. Dès que le propriétaire du chien le vit, il battit en retraite.

Le fermier le rattrapa juste avant qu'il ne monte dans sa camionnette. Il le plaqua au sol. Neil ne put s'empêcher de pousser un cri de soulagement.

Pendant que les deux hommes luttaient dans l'herbe, Chris les mitraillait avec son appareil.

Bientôt, une sirène retentit, de plus en plus stridente. Une voiture de police s'arrêta devant les véhicules, et le sergent Moorhead sauta à terre.

Geoffrey Milton releva l'homme et le maintint par le revers de sa veste.

– Frank Jarvis ! s'écria-t-il, défiguré par la colère. Vous me le paierez !

L'autre tentait de se dégager, mais son ex-patron le tenait fermement.

– Vous avez cru que vous pouviez faire ce qui vous plaisait, hein ? éructa Frank Jarvis. Que vous pouviez me renvoyer, et vous en tirer comme ça ?

Le visage de Geoffrey Milton prit une expression de dégoût. Il poussa son ex-employé vers le sergent, qui s'approchait, une paire de menottes à la main.

– Arrêtez cet homme, sergent ! dit-il. C'est Frank Jarvis. Il travaillait pour moi. Je l'ai renvoyé parce qu'il maltraitait mes chiens. Son chien est un tueur, mais c'est

lui-même qui en est responsable.
– Vous nous en aviez parlé ! s'exclama Neil. Mais je n'aurais jamais cru…
Geoffrey Milton se tourna vers lui :
– Excusez-moi, les enfants. Vous aviez raison au sujet de cette chienne. Je me suis drôlement trompé ! La pauvre, elle n'avait rien à voir là-dedans !
En un clin d'œil, Frank Jarvis se retrouva au fond du car de police. À deux mètres de là, son chien aboyait rageusement, les pattes écartées. C'était un bâtard de doberman, immense, noir avec quelques taches marron.
Le sergent prit une muselière dans son fourgon, au cas où le chien s'attaquerait aux humains. Apparemment, Frank Jarvis l'avait élevé en développant son agressivité. Neil était scandalisé. Il ne comprenait pas comment on pouvait traiter un chien de cette façon.
Le sergent Moorhead s'apprêtait à le

museler quand la Range Rover des Parker surgit au coin de la route et vint se garer à côté d'eux. Bob Parker et Alison Ford en descendirent précipitamment.

– Neil ! Emily ! Vous n'êtes pas blessés ?

– Non, ça va !

Le sergent les mit au courant des événements.

– C'est vous qui avez appelé la police ? demanda Neil à Alison.

– Oui. J'ai également prévenu le fermier et vos parents.

Bob Parker passa par-dessus le mur.

– Donnez-moi la muselière, dit-il au policier.

Le sergent hésita.

– C'est mon boulot, sergent, insista Bob en souriant. Vous vous occupez des gens, moi des animaux.

Il se dirigea lentement vers le chien de Frank Jarvis et s'arrêta à quelques pas de lui. Il resta sans bouger, les bras le long du corps, et lui parla tout doucement :

– Gentil, le chien, gentil.

Le chien cessa d'aboyer et laissa échapper un long grondement. Neil et Emily échangèrent un regard inquiet. Ils savaient que leur père était capable de le maîtriser, mais la partie n'était pas encore gagnée.

– Assis ! ordonna Bob Parker d'une voix ferme.

Le chien obéit, tout en continuant de grogner. Emily saisit son frère par le bras. Neil se rendit compte qu'il n'osait plus respirer.

Bob Parker avança lentement, une main tendue, la paume tournée vers le haut. Le chien remua le museau, mais il ne bougea pas.

– Tranquille, le chien ! C'est bien, c'est très bien.

Le chien le fixait, les oreilles dressées. Bob Parker fut bientôt tout près de lui.

D'un seul geste, il lui passa la muselière.
Le chien bondit sur ses pattes et essaya de se libérer, mais Bob Parker parvint à maintenir la muselière en place et à l'attacher. Puis il le mit en laisse.

Neil et Emily poussèrent un grand soupir de soulagement.

Geoffrey Milton serra la main de Bob Parker en la secouant vigoureusement.

Emily et Neil étaient navrés pour le chien de Frank Jarvis ; mais ils pensaient à Nelly. Elle était sauvée !

# 15

Dans la cour du chenil de King Street, Carole Parker était en pleine discussion avec Mme Downes et son mari. Ils étaient venus chercher Ming et Tai-Lu. Mme Downes paraissait très gênée.

– Croyez-moi, je suis désolée d'avoir agi ainsi ! Je sais que j'aurais dû vous prévenir. J'ai été prise de court. Ne m'en veuillez pas trop. Si je vous ai apporté ma chatte, c'est que j'avais la plus entière confiance en vous.

Carole Parker se dérida.

– Je dois avouer que Tai-Lu est adorable, dit-elle avec un petit sourire.

Bob Parker apporta Ming dans son panier. Sam l'accompagnait, la queue en l'air. Puis Emily apparut avec Tai-Lu. Elle était triste de se séparer d'elle.

Les Downes étaient à peine partis quand une voiture de police se gara dans la cour. Le sergent Moorhead en descendit et alla ouvrir la portière arrière.

– Nelly ! s'exclama Emily.

La chienne bondit vers les Parker en aboyant joyeusement. Toute la famille voulut la caresser en même temps, ce qui créa une belle pagaille.

Le policier ne put s'empêcher de rire.

– Tu avais raison, Neil, déclara-t-il. Nelly est très gentille.

Il se tourna vers Bob Parker :

– Frank Jarvis a reconnu qu'il était responsable de la mort des moutons.

Remarquez, il pouvait difficilement le nier, grâce à vos enfants ! Ils ont été formidables !

Le sergent ébouriffa les cheveux d'Emily et donna une petite bourrade amicale à Neil.

– Vous avez fait du bon boulot, avec votre copain, conclut-il.

Emily s'assit par terre, à côté de la chienne. Nelly vint carrément se coucher sur ses jambes, puis elle frotta sa tête contre ses mains.

– Et le chien de Frank Jarvis, qu'est-ce qu'il va devenir ? s'inquiéta Neil.

– Je ne sais pas trop. Il est habitué à attaquer les animaux, dit le sergent. C'est risqué de le garder.

– Il faudrait le rééduquer, proposa Bob Parker. Je pense que ce n'est pas impossible.

Emily et Neil échangèrent un sourire radieux. Mais un problème subsistait pour Nelly : quand elle serait adoptée, elle serait définitivement séparée de M. Bradshaw.

Avant le dîner, Mark et Alison Ford passèrent au chenil.

– Alors, tout s'est bien terminé ? demanda Mark. Avez-vous récupéré Nelly ?

– Oui, elle est dans son box. Vous voulez la voir ?

– Oh oui ! s'écria Alison. On aimerait voir le chien rose aussi !

Elle sortit de sa poche l'article du journal :

– Personne ne l'a encore adoptée ?

– Non, pas encore, répondit Neil.

Il avait espéré que Mark et Alison prendraient Nelly : elle aurait ainsi retrouvé sa maison, à défaut de retrouver son maître. Mais ils semblaient plus intéressés par Budy.

En voyant Nelly, Mark s'écria :
– Oh, qu'elle est belle !
Mais Alison regardait de l'autre côté de la rangée :
– Mark, Mark, viens là !
Curieux, Budy s'approcha de la porte.
– Oh, regarde, il est superbe ! Mais quel est l'idiot qui l'a teint en rose ?
Neil ouvrit la porte et Alison entra dans le box. Elle s'accroupit en tendant tout doucement une main vers le chien pour ne pas l'effrayer. Il la renifla un bon coup, puis il leva une patte et la posa sur ses genoux en la regardant d'un air enthousiaste.
– Quel chien ! Il te fait un numéro de charme ! s'esclaffa Mark.
– Tu te souviens de ce qu'on a dit, avant de s'installer ici ? dit Alison avec un sourire espiègle. Que nous prendrions un chien ! Je n'ai pas oublié, moi !
– Moi non plus !

– Il va devenir assez grand ! la prévint Neil.
– Je sais, c'est encore un bébé. Mais c'est exactement ce que nous voulons. J'adore les grands chiens. Et sa couleur s'en ira bientôt ! Qu'en penses-tu, Mark ?
Mark soupira faussement résigné, mais il avait l'air aussi heureux qu'Alison :
– Eh bien, si tu le veux vraiment…
– On l'emmène tout de suite ! décida Alison.

Le lendemain, Neil brossa vigoureusement Nelly et Sam avant d'aller à La Grange. Son père les y déposa, ainsi qu'Emily et Sarah. La directrice de la maison de retraite avait invité les enfants pour le goûter.
Neil et Emily tenaient les chiens en laisse. Sarah avait voulu apporter son hamster, mais ses parents s'y étaient catégoriquement opposés.

Après être passés par le bureau d'accueil, ils arrivèrent sur la terrasse, où ils trouvèrent M. Bradshaw et les autres pensionnaires.

– Bonjour, bonjour ! dit le vieux monsieur d'une voix émue.

Il se pencha vers Nelly :

– Tu m'as bien manqué, tu sais !

Nelly gémit doucement en redressant les oreilles. Elle lécha les mains de son maître en remuant frénétiquement la queue.

La directrice vint leur serrer la main. Elle caressa Nelly et Sam. Les deux chiens, qui s'entendaient à merveille, décidèrent d'un commun accord de partager le goûter des humains.

Personne ne leur refusa un morceau de gâteau.

– Hum…, fit Neil en riant. Si papa voyait ça, il s'inquiéterait pour leur régime ! Mais, pour une fois…

– J’ai quelque chose d’important à vous annoncer, déclara la directrice. Je ne vous ai pas invités uniquement pour le goûter.
Elle sourit :
– Jusqu’à présent, La Grange n’acceptait pas les animaux…
En entendant ce préambule, Neil et Emily eurent un frisson de joie.
– Eh bien, des recherches récentes ont prouvé que les personnes âgées sont beaucoup plus heureuses si elles sont en contact avec un animal familier. C’est pourquoi j’ai décidé d’accepter au moins un chien… pour l’instant.
– Et c’est Nelly ? demanda Emily, incapable de se contenir plus longtemps.
La directrice acquiesça en riant.
– C’est formidable ! s’écria Neil, qui n’en croyait pas ses oreilles.
M. Bradshaw était penché sur sa chienne et la regardait avec une infinie tendresse. Il avait les larmes aux yeux.

– Évidemment, reprit la directrice, si elle veut faire de longues promenades, il faudra que quelqu'un s'en occupe…

– Mais ce n'est pas un problème ! s'exclama Neil, fou de joie. Nous viendrons plusieurs fois par semaine.

– Oui ! Vous pouvez compter sur la Compagnie des chiens trouvés ! renchérit Emily avec un sourire radieux.

FIN

## AVIS AUX LECTEURS

Toi aussi, tu aimes beaucoup les animaux ?
Tu peux en parler à Jenny Dale
en lui écrivant à
Bayard Éditions Jeunesse
Jenny Dale - Série SOS Animaux
3, rue Bayard
75008 Paris

## EXTRAIT

Et voici une nouvelle aventure
d'Emily et Neil
dans

## JASON
## A DEUX MAISONS

SPÉCIAL CHIENS
S.O.S. ANIMAUX

Une voiture de police était garée dans la cour quand ils arrivèrent au chenil. Neil et Emily sautèrent de la Range Rover et se ruèrent vers la maison.

Un grand brouhaha parvenait de la cuisine. Kate était assise, en larmes, devant une tasse de thé. Elle avait les cheveux en bataille, une bosse sur le front et un gros bleu au bras gauche.

Assise à côté d'elle, Carole Parker la réconfortait, un bras passé autour de ses épaules. Deux agents de police prenaient des notes.

– Bonjour, Messieurs. Comment ça va, Kate ? demanda Bob Parker en se penchant vers elle.

Kate secoua la tête sans parvenir à articuler un mot.

Carole Parker raconta ce qui s'était passé :

– Les voleurs ont forcé le portail latéral. Ils sont allés directement dans le box de Muttley. Sam les a attaqués, et il en a mordu un à la jambe.

Carole Parker tendit un mouchoir à Kate. La jeune femme commençait à se calmer. Elle se mit à parler en hoquetant :

– Ils étaient cinq… Je n'ai pas pu les empêcher d'entrer. L'un d'eux m'a frappée… Je n'ai jamais eu aussi peur…

– Finalement, Kate a réussi à déclencher l'alarme, et ils se sont enfuis, ajouta Carole Parker.

– Vous ne les avez pas attrapés ? demanda Emily.

– Non, mais je pense qu'ils n'iront pas loin. La police est en train de passer la région au peigne fin, répondit l'un des agents.

– Je vous conseille de renforcer la porte principale du chenil, intervint l'autre policier. Il pourrait bien y avoir d'autres tentatives. Et, cette fois-ci, Muttley risque d'avoir moins de chance... et Kate aussi.

– Nous aurions dû refuser de le prendre en pension ! éclata Bob Parker. Avec toute cette publicité autour de lui, il était évident que nous aurions des ennuis. Il va falloir le placer ailleurs.

– Oh non ! s'écrièrent Neil et ses sœurs.

– Je vais demander à Oncle Jack s'il peut le garder jusqu'au retour de ses maîtres, décida Bob Parker. Je ne veux pas que Kate soit en danger !

– Je suis d'accord, dit Carole Parker. C'est sans doute la meilleure solution. Les Henderson comprendront très bien, et je pense même qu'ils nous sauront gré d'avoir pris cette précaution.

Neil, Emily et Sarah ne dirent rien. Ils étaient tristes à l'idée que Muttley s'en aille et passe plusieurs jours sans faire de longues promenades.

– Si vous vous sentez mieux, Kate, un agent va vous raccompagner chez vous, proposa Bob Parker.

Bientôt, Emily et Neil restèrent seuls dans la cuisine. Épuisé par les événements de la journée, Sam s'était endormi sous la table. Ses pattes remuaient comme s'il courait.

– Regarde, il rêve ! Il poursuit peut-être

les voleurs ! chuchota Emily en se penchant vers lui.

Neil le caressa du bout des doigts pour ne pas le réveiller. Sam fronça légèrement le museau et s'étira tout en continuant à dormir.

– Je me demande où est Junior, dit Neil.

– Tiens, tu viens de l'appeler Junior !

– Tout à l'heure, M. Scott m'a convaincu que c'était bien son chien. Il a l'air de l'aimer vraiment.

– Mais les Weston aussi ! s'insurgea Emily. Tu as vu comme ils étaient heureux de le retrouver !

– C'est vrai. Je n'y comprends rien ! Ce qui est sûr, c'est qu'il faut se dépêcher de retrouver cette famille.

– Et si on appelait le journal ? proposa Emily.

Neil haussa les épaules :

## EXTRAIT

– Non, je ne crois pas que ce soit une bonne idée. Il vaut mieux laisser les journalistes à l'écart pour le moment, à cause de Muttley. Il faut qu'on se débrouille pour retrouver les Weston tous les deux, Emily. Tu es d'accord ?

Emily hocha la tête :

– Tu as une idée ?

– Oui, on pourrait demander leur nouvelle adresse au secrétariat de l'école.

– Et si Mme Thorn ne veut pas nous la donner ?

Neil toussota :

– Si je lui dis que j'ai un livre à rendre à Jonathan, un truc comme ça, elle acceptera peut-être…

– Ouais, c'est pas bête, reconnut Emily. On essaiera demain.

## EXTRAIT

Découvre vite la suite de cette histoire
dans
**JASON**
**A DEUX MAISONS**
N° 106 de la série

S.O.S. ANIMAUX

SPÉCIAL CHIENS

S.O.S. ANIMAUX

101. Dotty fait des bêtises

102. Les malheurs de gros Ben

103. Un maître pour Jessie

104. Pagaille au chenil

105. Un chien
pas comme les autres

106. Jason a deux maisons

107. Nelly est innocente!

108. Tuff n'a peur de rien!

*Imprimé en R.F.A. par Clausen & Bosse*
N° d'Editeur: 6925